三原タツミ詩集

春のめざめ

竹林館

三原タツミ詩集

春のめざめ

目次

第一章　春のめざめ

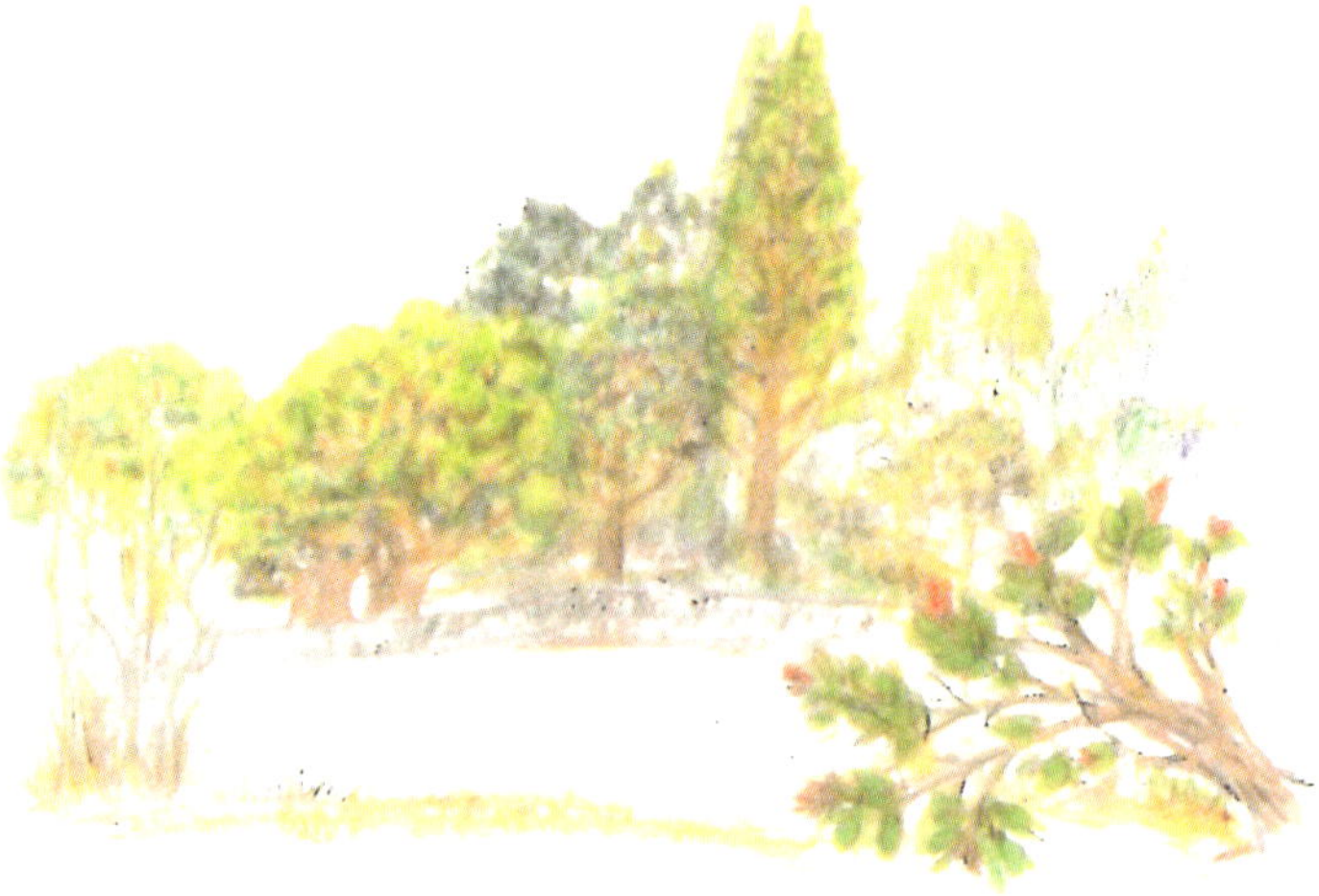

第二章　幼い日の思い出

第三章　冬がこっそり

挿画　著者

第一章　春のめざめ

春を待つ

節分が近づくと
風が冷たくても
雪がまいおどっても
落葉樹の枝先で
かたいマントをかぶって
ねむっていた新芽たちが
青い空に向かって　うごきはじめる

花水木は　まあるいぼんぼりをつけ
銀杏は　きれいに並び　つんととりすまし
もみじや　メタセコイヤは　細くきりりと
桐は　すずかざりのつぼみで
待ちわびていた春をよびよせる

春まぢか

冷たい北風よ
氷の冷気を忘れないでつれてゆけ
かたいかぶとをかぶっている木の芽は
つん　と　上に顔を向けて春を待っている
沈丁花の　あわい緑のつぼみも
かたをよせあって　空を見上げている

春のけはいはまだ遠く
風はつめたいのに
しのび足の春をかんじて　動きだしている
二月はせかせか　帰りのじゅんび
早足になったり　たちどまったりで忙しい

新芽の季節

やわらかな日差しで
春のけはいを感じた北風が　なごりおしそうに
時々　後もどりしながら去ってゆくと
寒さにたえながら　眠っていた木々が
目をさまし　そろって動きはじめる
深緑色の葉っぱで　寒さを乗りきった木も
つかれた葉っぱを散らして
新芽を目覚めさせる

ちょこんとのぞいた小さな芽は

ぽかぽかと
あたたかなお日さまにさそわれて
茶色のまんとをぬいで
うす黄緑色や　オレンジ色や　赤い顔を見せる

花のつぼみを守るもの
葉っぱのままのもの
どんな色も　やわらかくさわやかに
春風にゆれる姿は
ういういしくて　かわいい

けやき木

風がやさしくなる春まぢか
眠りからめざめた小さな芽は
ふんわり風にゆれ
春のおとずれをつげる

夏の青葉は
高い幹の上に　セミを宿らせ
早朝から　にぎやかな大合唱で
子どもたちを呼びよせる

秋は
南に傾くお日さまの光で
緑から黄色の衣がえ
ほっと一呼吸して　夏を見送る

冬は
ひゅうひゅうと吹く北風の
子守唄を聞きながら　眠りにつく

やがて訪れる春に　目覚める新芽が
ベランダからながめる人や
下から　見上げる人々と
心かよわせる時を待ちながら

春のめざめ

足早に駆け抜ける北風は　まだ冷たくても
背にうけるお日さまの日差しに
ふんわりと　暖かさを感じはじめると
木々の枝先で待ちわびていた新芽は
かたいからをぬぎすてる

落葉の下の草の芽も
日のあたらない水辺でも

先をきそうように
根っこの方から
うすみどり色が動きだす

昨日は見えなかったのに
今日は　小さな芽をもたげている

花の音楽会

黄色い花のフリージアは
一列に並んだキーボード
ゆびでさわって
ポポロン　ロン

チューリップの花は　バイオリン奏者
風にあわせて
春のメロディーかなで

八重咲き椿は　コーラスグループ
赤白ピンクのドレスで唄う
公園の並木やブランコは　うっとり
春のうたを聞いている

フラダンス

ほんのすこーしだけ
足を止めて見てごらん
黄色い菜の花と
白い大根の花が
首を　ゆらゆら　ゆらして
フラダンス

私の方がきれいで上手　と
菜園のかたすみで咲いている
つんとすました　若いチューリップや
お年を召したフリージア
春風にあわせて
ゆーらり　ゆらり　フラダンス
楽しそうに踊っている

ミニ花壇

団地の石垣の小さなすきまに
一番乗りで　苔のお客さま

風が雑草に便りを運んで
なずなに　はこべ
たんぽぽ　すみれ
小さなお客さまが　やってきた

長い石垣は　たちまち草花のお花畑
かわいい花が　ゆらゆらゆれて
道行く人に　ごあいさつ

だけど
振り向く人も　立ち止まる人もなく
風だけが寄り添って　話していく

幼い日の思い出

買物の道で
みつけたつくしんぼが
幼い日々をはこんできた

春になると
母さんが畑から
小さな花束を持って　帰ってくる

れんげの花は　かんむりと首かざり
たんぽぽとすみれは
糸で束ねて　ブローチやかみかざり
次の日
きれいな花びらだけ
おままごとのごちそうになった

小さな手かごのつくしんぼは
お酒のおつまみになって
父さんの前の小皿の上

忘れていた幼いころを思い出し
心にふんわり　やさしい春がひろがった

雑草

アスファルト道路の両側に
丸や三角　細いのや　長い雑草が
個性ゆたかな姿で　伸びている
葉っぱのみずみずしさに見ほれて
いちど食べてみたいと　心がおどる

ウサギになって　しゃくしゃく
牛になって　もぐもぐ
口の中で　春が広がってゆく

ピンクにきいろ
オレンジに　白やブルーの小さい花も
風にゆれて　踊ってみせるから
色々な花を　頭の中で料理してみる

桜の園

緑のふち飾りをつけた
ゆるい登り坂の道は
大きな曲線を描いて
桜のトンネルに続く

冬のきびしさを乗り越えて
大きく枝を広げた桜の
ピンクの花影の下を
ゆったりとした時が流れる

ふり返ると
はるか遠くまで一望できる

そこは町の混在した建物が
満開の桜と
やわらかな緑の額で彩られた
一枚の絵画を見てるよう

この幸せの時が
そのままずっと続けばいいと
祈りを込めて　しばし見とれた

乱気流

春風がへそをまげた
ぶつかりあって
乱気流のうずを巻く

散った桜の花びらが
いっしょになって　踊りだした
みごとな舞いに　しばらく見とれて
思わず拍手

ひめざさ

ぎゅぎゅ　ぎゅっと
おしくらまんじゅうをしてるのに
どこから入りこんだのか
「わたしもいれて」　と
からすのえんどうが　割り込んできて
めいっぱい背伸びして
頭の上で　たわむれる

ちょっぴりじゃま
ちょっぴりめいわく
だけど
ピンクの笑顔は　かわいいね
すこしの間がまんして
笑顔のおすそわけを楽しんで
緑の衣がえは　その後にしましょう

ブロッコリー

まあるいつぼみの　ひとりっ子が
いかついい葉っぱの　けらいに守られて
ひっそり育った

次に生まれた兄弟は
四つにわかれて少し伸び
かっちりかまえて立ち上がった

待ってましたと三ばんて
八方から　名のりをあげて
私が一ばん　と　競争してる

最後にでてきた　つぼみたちは
見て見て　と　言うように
つぎつぎ小さな顔をだして
こんもり　丸を作った

今　どのくきも　どのくきも
いっしょうけんめい　背伸びして
黄色い花を風にゆらしている

はるじおん

昨日
歩道のそばの草むらに
並んでたっている　はるじおんの
つぼみが　みんなうつむいていた
かなしいことでもあったかな

今日は
ぴんと　背筋のばして
ほんのりピンクにほほをそめ
首をゆらして　青い空を見上げている

風さんがはこんできた
春のたよりは　楽しいことがいっぱいで
お日さまと　お話しているのかな

春の菜園

くりん　くりん　くりん
かわいい頭をそろえた　春キャベツ
きれいに並んで　空を見上げたら
青首大根も　ぴーん
背筋のばして　せいくらべ

横のうねで　チンゲン菜が
私の方がきれいよ　と
並んだ仲間を　見くらべる

少しはなれたところでは
黄色い菜の花が
首をゆらして　春風と
おしゃべりしながら　笑っている

側溝

空からしとしと　小雨のプレゼント
側溝の苔が目をさまし
アスファルトの道路にそって
ビロードのような　緑色の花道ができた

次の日の昼下がりには
茶色の小さなつぼみと
淡い水色の花柄もよう
パッチワークの衣がえ

ぽかぽか陽気なお日さまが　通りすぎたら
苔は　また　ねむりについて
側溝は　元のコンクリート肌にもどり
次の日覚めをまっている

第二章　幼い日の思い出

七夕の竹

風に　ゆらゆら　ゆれる竹林に
今年も竹の子が　たくさん顔を出した
ぐんぐん背が伸びて
若緑の葉っぱを広げ
すっくと立った若竹に
もうすぐ　年に一度の
楽しい時が訪れる

七月のある日
しなやかで　ういういしい竹は
子どもたちのもとへ　運ばれて
夢や願いごとを書いた　たんざくと
色とりどりの　切り紙ざいくでかざられて
七夕の夜
大空でかがやく天の川へ　旅立ってゆく

葛

私のからだには　ほねがない
何かに巻きつかないと　立ち上がれない

そばのすすきに巻きついたら
私のおもみで　横にたおれて
また　地面に逆もどり

横に伸びたら
がっしりとしたものがある
くるくる巻いて登ると
青い空がよく見える
きんもくせいのあなたが
だい好きだったわけではないの

仲間はみんな競争相手
のんびりしてたら
先に伸びた仲間の　大きな葉っぱで
私の場所がなくなるから
しがみつけるなら　なんでもいい
まっすぐ　上に伸びるだけ

みんな　お日さまがだい好きだから
桜の木にも　電柱にも
見てよ　あんなに高く登ってる
私も　高い所まで行って
お日さまをいっぱいあびたいの
じゃま　だなんて　言わないで
秋まで仲よくして　ね

集中豪雨

大空が　悲鳴をあげて泣いた
こぼれた涙は
泥水となって　小川に流れこんだ

いつもはやさしい水の流れが
いかりをあらわにして　牙《きば》をむいた
川べりの　雑草や花々をなぎたおし
ごうごうと音を立てて流れてゆく

行く先を
枝木や枯草がふさぎ
止められた水が滝になって
うなり声をあげて落ちる

集中豪雨の後
空が笑顔を見せた
光のシャワーで
泣いた緑が　息を吹きかえして
きらきらと輝いた

初夏

太陽がまぶしくなる六月
梅雨が
「私の出番がやってきた」と
雲にのって　雨のシャワーを　あびせてまわる

顔を出したいお日さまは
雲のすきまをさがして
下を見下ろしながら
若い緑の　衣がえのおてつだい

雨のしずくが　きらりと光り
草木が　濃い緑色にそまってゆくと
かみなりさまも一役かって
　ピカピカ　ドスーン
梅雨明け宣言

空のかなたから
夏は大手をふって　やってくる

にゅうどう雲

真夏の青空にくっきり
うきたった山の峰々の一角から
むくむく　もくもくと　上へ上へ
横からぐい
ななめからも　ぐぐぐっ
力こぶをじまんしながら　もりあがってきた
下の方から　灰色雲も負けじと
大手広げて　白い雲を持ち上げた

ぽこぽこ　でっぱっていた白い雲
びっくりしたか
ぽこり　ぽこり
競争やめて　ひとつ　またひとつ
青い空に　とびだした

広々とした青空を　きもちよさそうに
風におされて　ゆったり流れ
青空にとけこんで　消えた

バトンタッチ

どこからか
ひぐらしの　さびしい声が聞こえてくると
夏は　ゆっくり動きはじめる

暑さを消すように
声をきそって鳴いた　キリギリスも
つかれて　ふかーいねむりにおちてゆく

夕やけのなかで
赤とんぼの　舞踏会がはじまると

コオロギの独唱が　いろをそえて
空はゆっくりと
白い雲で　墨流しのもようを描きだす

うっすらと　流れゆく雲の上で
いわし雲もかおを見せて
秋を迎える準備をはじめる
夏は　思い出を胸にいだき
ゆるやかに　幕をおろす

星空の見える　野外舞台で

雨上がり

ぼんやりとうるんだ景色のなかを
風が通りぬけるとき
木々は枝をゆすって
みにまとった雨をふりはらう

パラパラッ　パラ

雨つぶが　おもたげな音を立てておちる
目がさめたように
葉っぱは　すっきり
さわやかなかおで　風を見送っている

池の岸辺

雑木に囲まれた池で
二組のアヒルのカップルは
仲の良い夫婦か　恋人のよう
よりそい　鳴きかわしながら
ゆったりと泳いでいた

梅雨の頃
岸辺でうずくまる一羽に
そばで　尾をふり
頭をふりながら　鳴いて　泳ぎをさそっても
眠っているように目をつむり　動かなかった

青空が見えた二、三日あと
池の中で　泳いでいるのは三羽だけ
カップルのあとについて泳ぐ一羽が
鳴きながら　横に並ぶと
すいっ　と　仲良し組は向きをかえてにげる
休むときも　少し後ろにすわっている

暑かった夏がすぎ
カモの飛来で　にぎやかな池になり
アヒルも　カモの群の中を
気持ちよさそうに泳ぎまわっていた

草木に　緑が芽吹くころ
次々と　カモが飛び立ってゆき

元の静かな池にもどった岸辺に
飛べないのか　うずくまったカモに
相手をなくしたアヒルが
鳴きながら　よりそっていた

数日後
カモとアヒルが　仲良く並んで泳いでいた
風もやさしく　湖面に小さな波紋を立てて
岸辺の葦をゆらして　通りぬけてゆく

水面

木々にかこまれた
静かなため池に　小石を投げた
小さな輪が　大きくひろがって
水面にうつった松の木が　まがってゆれた

風が　サーっと吹いて
水の輪はゆがみ
岸にあたって　小さくゆれてきえた

水面は元にもどって
池は静かになり
水草の中に
青空と　木々の姿をうつしている

かわいい秋

猛暑を忘れたように
すずしい風が通ってゆくと
かわいい秋が顔をだす

あおくまあるい　銀杏の実
帽子がかわいい　どんぐりたち
とげとげボールの　栗の実も
葉っぱのかげから見下ろして
近づく秋の気配を感じて　ゆれている

花水木が　真っ赤なビーズを散りばめて
尾花がふわふわの帽子に変わったら
さざんかの葉っぱのかげで
小さなつぼみが　ちょこっと顔をのぞかせ
冬の訪れを待っている

第三章

冬がこっそり

深みゆく秋

シーッ
静かに　音を立てないで
耳をすましてごらん
かすかに聞こえてくるでしょう
友を　さがしつかれた
コオロギの　弱々しげな鳴き声が

のんびり昼寝していた秋も
大急ぎで動きだして

木々の衣がえを　うながしている
ほら
路上に舞い落ちた木の葉が
風にまかれながら
カサコソ　かけだした

冬が　こっそり
しのび足で　近づいてきてる

足音

風もない　静かな雑木林で
　ぽと　ぽと　とん

耳をすまして　音をさがしていたら
ドングリが
葉っぱにぶつかりながら
枯葉の上に落ちてくる
　ぽと　ぽと　とん

残暑に引っ張られて
草木の衣がえを　ゆっくり手伝っていた秋が
冬将軍のしのび足に気がついて
あしぶみしながら
立ち止まったドングリたちの
冬じたくを　急がせているのかな

衣がえ

ひんやりとした風が　ほほをなでると
ゆっくりと　秋のどんちょうが上がって
木々はこぞって　衣がえのショウをはじめる

桜は　赤黄緑のスリーピース
銀杏は　黄色のワンピース
花水木は　赤いジャケットをはおってゆれる

もみじは　赤いかわいい手をふって
山うるしも　真っ赤なコートで風の中に立ち
太陽のスポットライトでもえあがる

つややかな緑色の葉っぱのかげから
とがったつぼみを　ちょっと見せた
垣根のさざんかも　出番をまっている

メタセコイヤ

物差しで測ったような
二等辺三角形のトンガリ帽子が
「見て見て　きれいでしょう」
と　言うように
しゃきっと　背筋を伸ばして
常緑樹を見下ろしている姿が
遠くの道から　よく見える

明るいレンガ色にひかれて
そばまで行って　高い木を見上げた
陽光で　透き通るように輝いている
まるで　レンガ色の宝石に入ったよう

拾った葉っぱをかざして
うっとり見とれていたら
カナリヤの羽ばたきになって
青空の中に　吸い込まれていった

アロエ

とげとげいっぱいつけて
大手ひろげて　いばっているけれど
葉先は細くて　かわいいカール

寒くなるのに
葉っぱのかげから
ちょこっとのぞいた　緑のとんがりあたま
空にむかって
つつーんと　背がのびる

かっちりかたい　緑のぼうしが
少しずつ　しろい顔になって

レンガ色におけしょうをしたら
首をしたにまげて　かわいい花が開く
風で花のぶらんこが　ゆらゆらゆらり
三角山の　頂上めざして
階段をのぼるように
下から一だんずつ　咲いてゆく

風でゆれる花から
ちろりん　ちろりん
かわいい音がきこえるよう

誰にも　ゆれる音はきこえないけれど
青い空を流れる雲に
とどくといいね

夕ぐれ

木々に囲まれた池に
寒くなると　冬ごしのカモが飛んでくる

三羽　五羽　七羽
数を増して　二十羽になった

カモは　波紋をえがきながら
群れたり　はなれたり
追っかけあって　楽しそうに泳ぐ

いつのころからか
仲間入りした青サギが一羽
枯葦のそばで　湖面を見つめて
そおっと歩きながら　小魚をさがしている
あかね空をうつして　吹く風も静かな夕ぐれ

冬空の下

落ち葉が道路を彩りながら
冬支度をはじめると

街路樹のけやき木は
細くゆうがな枝ぶりを見せ

春の女王の桜は
咲く花が　美しく見えるように
横にのばした枝を　空に向けて

銀杏は　眠る新芽を
かっちりとつつみこんで
花水木は　おひなかざりの
まるく小さいぼんぼりを並べて
青空や　茜にそまる冬空に
じまんの枝ぶりを見せて立つ

びわ

北風は　まだまだ冷たく吹き抜けてゆくのに
お日さまは　ポカポカ春の陽気

深緑色の葉っぱに守られて
白い花の下でねむっていた
まんまる顔の　びわのぼうやが
茶色の帽子を　ななめにして
青い空を　そっとのぞいて見ている

よこで　つーんとすました
新芽のお姉さん
ふわっとやさしい　うす緑色の服を着て
いっしょに
春風さんを待っている

カモのダンス

岸辺近くの浅瀬で
数匹のカモが　さかさになって
おしりふりふり
足を　ばたばたさせて
えさを食べている

ほわん　と　うき上って
口を少し動かし　また　水の中
白いおなかをみせて
おしりふりふり
食事中のカモのダンス

やきもち北風

お日さまがやんわりと
新芽のねむりをさましてまわると
北風は　ちょっぴりやきもちをやいて
まだまだ　席はゆずれない　と
口笛吹いて通ってゆく

竹やぶは　ざわざわ　ふるえているのに
そばに立っている　びわの枝先で

うす茶色の帽子は　もういらない　と
まあるい顔を　ちょこんとだして
春の風を待っている

さざんか

寒い風が吹きはじめ
体をまーるくして
しょぼしょぼ歩いていたら
さざんかの垣根の道にでた
ピンクや白の花が　花びらゆらして
　寒くないよ　と
笑って見てる

しゃきっとしなさい
ぱしっと　胸をはったつややかな葉っぱが
風にゆれて　エールのサイン
おもわず　しゃっきり　背中が伸びた

ちょっぴり寒いけど
大手を振って歩いたら
体は　ぽっかぽか
心も　ほんわり　花ひらく

三原タツミ詩集『春のめざめ』に寄せる

詩人　野呂《のろ》　昶《さかん》

なんとやさしく、さわやかな詩情でしょう。このたびの詩集のどの作品からも、自然やそのもとでの生活を見つめる、深く真摯なまなざし、誠実であたたかい人柄が香ってきます。

詩人は瀬戸内海を見下す尾道の因島に生を受け育ちました。まわりは一面のミカン畑、野辺には色とりどりの草花が咲いています。

母親は、野辺で草花をつんできては活けておられたということです。そんな生活の中から、いつしか草花や樹木を見つめるやさしいまなざしが育ってきたのでしょう。

作品「春まぢか」を見てみましょう。

冬の二月、まだ冷たい北風が吹いています。でも、「かたいかぶとをかぶっている木の芽は／つん　と　上に顔を向けて春を待っている」し、「沈丁花のあわい緑のつぼみも／かたをよせあって　空を見上げている」のです。樹木はもう「しのび足の春をかんじて　動きだしている」。今か今かと春を待っている樹木の様子を、これらのフレーズは、みごとにとらえて秀逸です。「しのび足の春をかんじて」「二月はせかせか　帰りのじゅんび」「早足になったり　たちどまったりで忙しい」

冬と春の出入り口、二月は、まさにこのフレーズのとおりで、「春のめざめ」を確かな表現で描いています。繊細でさわやかな感性がとらえた作品です。

花の音楽会

黄色い花のフリージアは
一列に並んだキーボード
ゆびでさわって
ポポロン　ロン

チューリップの花は　バイオリン奏者
風にあわせて
春のメロディかなで

八重咲き椿は　コーラスグループ
赤白ピンクのドレスで唄う

公園の並木やブランコは　うっとり
春のうたを聞いている

待ちに待った春、暖かい日ざしの中で花たちは、音楽会を開いています。黄色のフリージアの花は互いに触れあって、かすかなかすかなやさしい音をひびかせています。

ポポロン　ロン

ポポロン　ロン

なんていい音でしょう。

チューリップの花は、バイオリン奏者。花壇にずらりとならんで、色とりどりの音色をかなでています。その音色は、香りの音であり、色彩の音、それを公園の並木やブランコは、うっとりと聞いています。それは純粋で澄んだ心の者にしか聞こえない音楽でしょう。公園の並木の下に立って、じっと耳をすませている詩人の姿が見えてきます。

春の菜園

くりん　くりん　くりん

かわいい顔をそろえた　春キャベツ

きれいに並んで　空を見上げたら

青首大根も　ぴーん

背筋のばして　せいくらべ

横のうねで　チンゲン菜が

私の方がきれいよ　と
並んだ仲間を　見くらべる

少しはなれたところでは
黄色い菜の花が
首をゆらして　春風と
おしゃべりしながら　笑っている

春の野菜畑、氷や雪やつめたい北風に耐えて、今、ぐっと大きく育ったキャベツや大根たち、それぞれに空を見上げて、胸をふくらませています。
かわいい顔をそろえた春キャベツは
せいいっぱい背筋をのばした青首大根は
くりん　くりん　くりん
ぴーん
チンゲン菜は、うねの上できれいに並んで
私の方がきれいよ
と言いあっています。
私の方がきれいよ
黄色い菜の花は

春風とおしゃべりしながら、笑っています。

野菜たちは、それぞれの表現で春の来訪を喜んでいるのです。野菜たちの喜びは、そのまま詩人の喜び、詩人と野菜たちの喜びが胸にせまってきます。

初夏

太陽がまぶしくなる六月
梅雨が
「私の出番がやってきた」と
雲にのって　雨のシャワーを　あびせてまわる

顔を出したいお日さまは
雲のすきまをさがして
下を見下しながら
若い緑の　衣がえのおてつだい

雨のしずくが　きらりと光り
草木が　濃い緑色にそまってゆくと
かみなりさまも一役かって

ピカピカ　ドスーン
梅雨明け宣言

空のかなたから
夏は大手をふって　やってくる

しとしとと降りつづく梅雨、その間にちらりと姿を見せる太陽、動物にとってうっとしい梅雨も、植物にとっては、大切な緑の葉の衣がえの季節です。やがて雷が鳴って梅雨が明け、夏が大手をふってやってくる。初夏の季節のうつりかわりを、いきいきと目に見えるように描いた作品です。ラストのフレーズ「夏は大手をふって　やってくる」の表現は、あの暑い盛夏の来訪を見事に描いて秀逸です。

水面

木々にかこまれた
静かなため池に　小石を投げた
小さな輪が　大きくひろがって

水面にうつった松の木が　まがってゆれた
風が　サーっと吹いて
水の輪はゆがみ
岸にあたって　小さくゆれてきえた

水面は元にもどって
池は静かになり
水草の中に
青空と　木々の姿をうつしている

この作品を読んで、私は松尾芭蕉の俳句「古池や蛙とびこむ水の音」を思い出しました。樹木にかこまれた静かな静かな古池、そこに蛙がとぼんととびこんだのです。小さな水音とともに、広がっていく水の輪。水の輪が治まって、又しーんと静まった古池。その動と静が短い詩句の中にみごとに表現されていて、私の好きな俳句ですが、この作品は、そうした情景を視覚的に、さらにありありと表現してみせたすぐれた作品です。ものごと＝物象を見つめる詩人の確かな目、澄明の感性がいきづいています。

詩を書くということは、私たちの身のまわりの自然や社会生活を通して、美と真実を求める営為です。しかも今までだれも発見できなかった美と真実を、できるかぎり短い言葉で表現する。その表現が新鮮で確かなリアリティを持っているとき、その作品は大きな感動となって、私たちの胸にひびいてきます。

このたびの三原タツミ詩集は、詩人が数十年の人生の美と真実を求めつづけた足跡であり果実といえるでしょう。どの作品もだれもがわかる平易な表現で、しかも独自の詩的世界を描き出しています。詩を愛する多くの人々にお読みいただけることを祈っています。

なお、この詩集の表紙画、挿画は、全て詩人の筆によっています。絵が詩の世界を深め、詩が絵の世界を深め、もう一つの世界を創っていることにもご注目いただきたいと思います。

あとがき

大阪の中心地から万博公園近くの駅に降りたとき、やさしい風が胸深くまでとどいて、ほっとしたやすらぎを感じた町が、今、私の新しい郷土になりました。

思いもよらないわが家の出来事が続いて、気持ちのゆとりを無くした日々を送っていました。

そんな心のよりどころになったのが、私が小さいころ、母といっしょに歩いた畑の行き帰りに教えてくれた、うつりゆく自然の中の木々や、草花のやさしさや、美しさでした。

少し気持ちにゆとりができたころ、友人の紹介で高槻の同人誌「ポエムの森」に入会しました。

月に一度の同人のつどいで、同じものでも色々な感じ方や表現があって、新鮮な勉強の場所となりました。

このたびの詩集の出版にあたり、詩のご指導をしてくださった詩人の野呂昶先生と、作品のアドバイスをしてくださった「ポエムの森」の同人の皆様、そして編集をしてくださった、竹林館の編集長の左子真由美様、竹中葉月様、松井美和子様、尾崎まこと様、大変お世話になりました。心より感謝いたします。ありがとうございました。

表紙の絵は、私がファッションデザイン画を描いていたときの一枚です。作品の中の挿画は、私が買物や散歩道で見る、町の風景です。
この詩集を手にとって見てくださった方の心に、寒さをのりこえて芽ぶく木々や草のかわいい花々が、新しい明日の生きるよろこびにつながってゆけば幸いです。

平成三一年一月　　　　三原タツミ

三原タツミ（みはら・たつみ）

1941年　広島県尾道市因島に生まれる。吹田市在住。
「ポエムの森」同人

著書　詩集『ドジドジ継母さんアホ継母さん』（新風舎）
　　　詩画集『心の花束』（文芸社）

住所：吹田市山田西2-8-A8棟-415

三原タツミ詩集　春のめざめ

2019年3月1日　第1刷発行
著　者　三原タツミ
発行人　左子真由美
発行所　㈱竹林館
　　　　〒530-0044　大阪市北区東天満2-9-4　千代田ビル東館7階FG
　　　　Tel　06-4801-6111　Fax　06-4801-6112
　　　　郵便振替　00980-9-44593　URL http://www.chikurinkan.co.jp
印刷・製本　㈱太洋社
　　　　〒501-0431　岐阜県本巣郡北方町北方148-1

ISBN978-4-86000-403-3　C0092

定価はカバーに表示しています。落丁・乱丁はお取り替えいたします。